P. A. TASCHEREAU-FARGUES,

A MAXIMILIEN ROBESPIERRE

AUX ENFERS.

Prix 10 fols.

A PARIS,

Chez les Marchands de Nouveautés.

Dix-sept Pluviôse, An trois.

P. A. TASCHEREAU-FARGUES,
A MAXIMILIEN ROBESPIERRE
AUX ENFERS.

Dans le séjour des morts, entouré de victimes
Dont les ombres encore errent dans ces cachots,
Où t'ont précipité ton orgueil et tes crimes ;
T'écrire, c'est rouvrir la source de mes maux.
    J'aurais voulu de ma mémoire
    Bannir ton souvenir affreux ;
Mais mon cœur a parlé, je me dois à l'Histoire,
Au temps, à mon Pays, à mes derniers neveux.
    La vérité doit leur apprendre
    Tes forfaits les plus inouis :
    Dans ton ame je veux descendre,
    Et déchirer tous ses replis.

Je t'ai suivi long-temps sans pouvoir te connaître (a),
Sans savoir que ta peur n'était que les remords :
Je me demande encor quel destin te fit naître :
Rejeté des vivants, tu fais horreur aux morts.
    Scylla termina sa carrière
    Au sein de Rome et dans la paix ;
Je cherche ton égal, mais la nature entière
Ne peut me le montrer : il n'exista jamais.
    Athènes vit Dracon lui-même
    Survivre à ses féroces loix ;
    Chrestierne, sans diadême,
    Vécut parmi les Suédois.

Aucun de ces Tyrans ne possédoit ton ame,
Qui du monde à la fin aurait fait des déserts !

                      A

De nos jours malheureux tu dirigeais la trame :
Tout tombait à la fois, les bons et les pervers.
    Caligula, dans sa furie,
    Ne vit point ses vœux accomplis ;
Les Romains respiraient ; mais toi, de ta Patrie
Tu poursuivais sans fin les malheureux débris.
    Ton esprit a plané sur l'onde
    Qui fit reculer l'Océan.......
    O temps affreux ! douleur profonde !
    Fermez mes yeux sur ce Tyran *.

    Par-tout trop obéi, tes ardents satellites
Répandaient la terreur et moissonnaient la mort !
Tout tremblait devant eux, rien n'avait de limites ;
L'enfant et le vieillard couraient le même sort.
    Qu'une fille en effet coupable
    D'un dessein le plus odieux,
Subisse son destin, rien n'est plus équitable :
Son sang doit contenter les hommes et les dieux.
    Mais que t'avait fait sa famille,
    Que tu fis descendre au cercueil ?.....
    Peut-être même que leur fille
    N'avait blessé que ton orgueil (b).

    Quel Tribunal, ô ciel !..... un signe de ta tête
Eût suffi........ c'est la mort compagne de tes pas !
Sans nul port, sans appui, poussé par la tempête
Le monde eût devancé l'heure de son trépas !

---

* Quand j'écrivais cette lettre, la Convention Nationale
n'avait pas encore chassé de son sein Carrier..... Jusques-là,
je ne vois que des Représentans du Peuple.

J'avais, malgré ta tyrannie,
Démasqué ton inquisiteur (c) :
Sur son siége sanglant je poursuivais sa vie :
J'imprimais sur son front le sceau de la terreur.
    Plus cruel que les Euménides,
    Le sang coulait de toutes parts !
    Ses lèvres en étaient avides :
    La mort sortait de ses regards !

C'est à de tels suppôts que tu prêtais ton ame !
Quels montres à la fois l'enfer avait vomi !
Quels bourreaux inhumains !... et cette horde infame
Dévorait mon pays sur un gouffre endormi !
    Coffinal, homme sanguinaire,
    La dirigeait par tes conseils.
La nuit, Dumas allait dans ton affreux repaire,
Où ne pénétraient plus que lui, que ses pareils (d).
    Dans l'antre noir de Poliphême
    On éprouvait moins de frayeur :
    Deux fois j'y fus malgré moi-même,
    En j'en sortis avec horreur.

J'y fus pour t'arracher une jeune victime,
Criminelle à tes yeux pour ses brillants appas ;
Je prolongeais ses jours, et je trompais ton crime,
Quand le neuf Thermidor la ravit au trépas.
    De toute pudeur dépourvue,
    Etrangère aux doux sentiments,
Chalabre, dont l'aspect fait détourner la vue,
La proscrivait déjà du séjour des vivants (e).
    Pour contenter cette furie,
    Dont le cœur est pétri de fiel,

A 2

La beauté payait de sa vie
Ce don heureux qui vient du ciel !

Non , jamais on ne vit ce Tribunal terrible
Emu par ces attraits qui captivent les cœurs !
Tes fureurs ajoutaient à sa rage inflexible ,
Et le soleil gémit de voir tomber ces fleurs !
Une femme , dans les alarmes
Sur le destin de son époux,
Entend l'arrêt fatal !..... pousse un cri... fond en larmes.....
Monte sur l'échafaud....., subit les mêmes coups (f) !
Dès lors l'amitié consolante ,
Craignant pour elle un tel destin ,
S'isola , fut toujours tremblante ;
Et le malheur n'eut plus de fin !

Oubli, que ces horreurs se plongent dans ton fleuve,
Epargne à l'avenir des regrets éternels !.......
Toi, sainte humanité , viens consoler la veuve,
Et l'orphelin privé des secours paternels !
Rappelle la douce espérance
Qui répand des fleurs sur nos maux :
Que Thémis dans ses mains reprenne sa balance ,
Qui naguères penchait au gré de nos bourreaux.
Que le règne de la Justice
Fasse le tourment des pervers :
Tyran, qu'il comble ton supplice ,
Si tu l'apprends dans les enfers !

Tu crus par la terreur saisir la Dictature ,
Ce pouvoir dévorant dans tes sanglantes mains ;
Qui fait planer le deuil sur toute la nature ;
Et plonge dans les fers le reste des humains !

Accusateur, d'abord complice,
De tes amis, de tes consorts :
La veille tu feignais de leur être propice.........
Et ton crime avec eux passait les sombres bords (g).

Quel temps ! quel prestige funeste !
Et tu passais pour vertueux !
Quel souvenir cruel nous reste.........
Cinq ans trompés et malheureux !

Un instant a suffi pour arrêter ton crime ;
Tu meurs....., et le bonheur revient chez les mortels :
Le Sénat, saisissant son pouvoir légitime,
T'engloutit ; et son bras renverse tes autels.

Avec toi meurt le fanatisme :
Ta chute le plonge au néant.
Tu combattais pour lui, Chaumet, pour l'athéisme ;
Et vous n'aviez tous deux qu'un même sentiment.

Le jour de la fête au grand Etre,
Où tu marchais au premier rang,
Tu fus après avec un Prêtre
Qui ne vivait que dans le sang.

Hypocrite profond, tu trompais la nature ;
Tu supposais un Dieu qui n'est que dans son sein :
Que sais-je, si toi-même, invoquant l'imposture,
Tu voulais être *lui ?* Si tel fut ton dessein,

Nouveau Teutés, que de victimes
Il eût fallu pour t'assouvir !
La raison vainement eût dévoilé tes crimes,
Du séjour des mortels tu l'aurais fait bannir.

L'ignorance, aux regards stupides
La remplaçait déjà par-tout :

A 3

Dans tes calculs liberticides
Ce moyen-là t'aidait beaucoup.

Malheur à l'homme instruit , nourri dans les Sciences ;
Dans l'amour des Beaux-Arts, chéri des immortels !
Malheur aux grands talents , dernières espérances :
La mort détruisait tout par tes ordres cruels.
O Liberté , que de Génies
Furent immolés sous tes yeux ! .....
Puisses-tu réparer ces temps des barbaries ,
Qui coûteront encor des pleurs à nos neveux !
Peut-être aussi ta main infame
Eût mis en cendres leurs écrits ? ....
Ce projet était dans ton ame ,
Dévastateur de mon pays.

Mais pourquoi rechercher ce que tu voulais faire ,
Lorsque tant de forfaits sont par toi consommés ?
Que le sang à longs flots a coulé pour te plaire ?
Que des Français pour toi sont encore opprimés ?
Que n'as-tu connu ce supplice
D'un homme libre dans les fers !
Ces cachots, ces verroux , cet affreux précipice (h),
Qui contient les vivants dans de sombres enfers!
Cet amour qu'on a pour la vie ,
Quand on ne se reproche rien !
Et cet horreur pour l'infamie
Qui fait frémir l'homme de bien !

Le coup qui te frappa fut plus prompt que la foudre
Qui renverse soudain les chênes orgueilleux.......
Que n'a-t-on sur son front , déjà réduit en poudre ,

Avec un fer brûlant gravé ces mots affreux !
  N'approche point, c'est Robespierre ;
  Voyageur ne plains pas son sort.
Que rongé de remords il souille encor la terre :
Il fut trop criminel pour mériter la mort.
  Maudit de la nature entière,
  Applaudissant à ton destin,
  Du soleil craignant la lumière,
  Ton supplice eût été sans fin (*i*).

 La mort pour les Tyrans doit être une mort lente,
Qui retrace à leurs yeux toutes leurs cruautés........
Enchaînés jour et nuit sur la fosse sanglante
Où tant de malheureux furent précipités !
  Les cris de ces ombres plaintives
  Porteraient l'enfer dans leurs cœurs :
Leurs tourments calmeraient ces ames fugitives,
Que la haine a plongées dans ces gouffres d'horreurs.
  Aux morts on doit cette vengeance,
  A la Justice cet éclat ;
  Le crime mis en évidence
  Enhardit moins le scélérat.

 L'amitié, dont l'erreur conduit souvent le zèle,
Ajouterait encore à ces longs châtiments !......
Pour toi, qui fus toujours à sa cause rebèle,
Qui ne connus jamais ces doux épanchements,
  Comment devient-elle victime
  De tes exécrables forfaits ?.....
Le bandeau sur les yeux, fut-elle moins sublime,
Pour avoir seulement mal placé ses bienfaits (*k*) ?
  Sensible, loyal et sincère,

Je t'ai connu dans le malheur :
Mieux instruit de son caractère
Je te voyais avec horreur,

Dès lors je me suis cru (lorsque tant de Bastilles
Renfermaient les mortels dans ces séjours de pleurs),
Dans un fleuve de sang , parmi des crocodiles ,
Dont mes mains détruisaient les germes destructeurs
Abandonné par l'espérance,
Je ne songeais qu'à bien mourir :
J'en hâtais le moment en sauvant l'innocence ;
Jusqu'à ton Tribunal j'allais te la ravir (*l*).
Voilà mes torts , ô ma Patrie !
Je te servais avec ardeur. . . . .
Des scélérats qui t'ont trahie
Je subis la même rigueur,

Etranger aux forfaits , ainsi qu'à la vengeance (*m*),
Pensant que les mortels sont nés pour se chérir ,
Aimant la liberté , détestant la licence ,
Voilà les seuls sentiers où l'on m'a vu courir.
Dans le plus fort de nos orages
Je provoquais l'humanité :
Toulouse , en te sauvant de tes propres naufrages ,
D'elle tu sais sur-tout que j'ai bien mérité (*n*).
Le souvenir de ma carrière
Me console dans mon malheur ;
En parcourant ma vie entière ,
J'aime à descendre dans mon cœur.

Vous qui me poursuivez sans me croire coupable ,
O *vieillard vertueux !* d'où provient ce courroux ?...
Des crimes du Tyran puis-je être responsable?

Lorsqu'il les a commis…..il était avec vous (o).

    Vous n'entendrez aucun murmure,

    Quoiqu'enfermé dans un tombeau !

Mais je verrai le jour que couvre l'imposture,

Puisque la vérité fait briller son flambeau.

    L'innocence n'a plus à craindre

    Que l'oppresseur règne aujourd'hui :

    Elle peut parler et se plaindre,

    Car le Sénat est son appui.

               TASCHEREAU.

Aux cachots de la Conciergerie
le premier Fructidor, an deuxième
de la République,

NOTES.

(a) *Sans pouvoir te connoître*]. Je n'ai fréquenté régulière-
ment Robespierre que pendant le temps de l'Assemblée Constituante, jusqu'au cinq Novembre 1792. J'ai quitté Paris ce
même jour, où je ne suis revenu qu'en Juillet de l'année
suivante ; à mon retour je reconnus à peine le même homme :
tout ce qui l'entourait m'était absolument étranger ; et les
prétendus héros du trente - un Mai ne le quittaient plus.
Son ami avait disparu devant cette tourbe vorace, et sanguinaire. Il fallut donc m'éloigner, et paraître chez lui le
plus rarement possible ; mais cette précaution faillit m'être
bien funeste, car, peu de temps après, je fus dénoncé, poursuivi par les jacobins, par ceux-là même qui avaient toute
la confiance du tyran, sous le prétexte que loin de ses yeux
je devais nécessairement fréquenter des conspirateurs. C'est
ainsi que son infame Deschamps, son associé dans des spéculations mercantiles, spéculations d'autant plus funestes à
l'humanité, qu'elles ont occasionné la mort de Camille Des-
moulins, ce que je démontrerai dans une de ces notes, com-

mença son attaque contre moi..... et dans quel temps, bon
Dieu ! Les Hébertistes le secondèrent ; le lendemain la feuille
du Père Duchesne me traînait dans la boue. Ma perte était
inévitable : Robespierre avait aussi parlé contre moi ; je ne
dus mon salut qu'à la fuite ; et cependant c'est comme ami
de ce tyran que je me vois aujourd'hui précipité dans les
fers : moi qui fus évidemment sa victime ! Contradictions de
ce monde, quand cesserez-vous d'outrager la vérité ?

(b) *Que ton orgueil*]. Il est certain que la manière avec
laquelle Sophie Renaud se conduisit en entrant dans la maison
de Duplay, ne méritait nullement qu'on en fît une affaire
d'éclat ; mais des hommes qui cherchaient toutes les occa-
sions de se faire valoir auprès du tyran en augmentant sa
frayeur, la traînèrent cavalièrement au comité de Sûreté Générale, où elle avoua sans détour qu'elle n'avait été chez
Robespierre que pour voir comment était fait un tyran ; ......
mais, ajouta-t-elle, *ma curiosité est satisfaite, je vous vois.*
C'était au Représentant Vadier qu'elle adressait ces paroles ;
lui-même m'a raconté ce fait.

(c) *Inquisiteur*]. Je l'ai dénoncé ce Caligula au tyran lui-
même, long-temps avant qu'il eût assouvi la férocité de son
naturel. J'étais secondé par un ami dont je dois taire le nom,
puisqu'il a voulu subir volontairement la mort des conspirateurs : généralement aimé de ceux qui le connaissaient, il
profita de l'influence que les circonstances lui donnaient pour
sauver les malheureux ; aussi jamais homme peut-être n'a
rendu tant de victimes à la société. Mericourt, qui le vit naître,
se souviendra toujours de lui...... Un grand nombre de citoyens
de cette Commune furent traduits au Tribunal Révolutionnaire
pour des délits terribles sans doute, puisque la pensée était
même un crime ; tous furent par lui rendus à leurs familles.
Mon ami était donc l'ami de l'humanité, et, sous ce rapport, je puis verser des larmes sur sa tombe ! Dumas ne
voyait dans lui qu'un ennemi redoutable qui l'empêchait de
parvenir à un poste plus terrible encore que celui qu'il occu-
pait. Quel titre ! quelle consolation pour l'amitié, qui ne peut
s'empêcher de chérir la mémoire d'un ennemi prononcé de
Dumas !...... Vadier, si, comme je l'ai cru, tu avais une
âme sensible, tu pleurerais sur son sort ; car, d'après le bien que
je lui avais dit de toi, il t'aimait sincèrement ; tu fus plusieurs
fois chez lui ; quel accueil ! quelles attentions !..... qu'as-tu
fait pour lui ?..... il se fait conduire devant toi....., tu l'envoies
à la mort. C'est ainsi que l'ingratitude distillant en poisons
les bienfaits qu'elle a reçus, en abreuvé l'amitié confiante
et désintéressée.

(d) *Que lui, que ses pareils*]. Ceux que la fatalité du sort n'a point conduit chez la famille Duplay, présument qu'il suffisait d'être introduit auprès d'elle pour voir Robespierre: ils se trompent ; j'en appelle au témoignagne de tous ses anciens amis ; pas un ne pouvait parvenir jusqu'à lui : l'entrée de sa demeure, semblable au Tartare, était constamment gardée par des Cerbères à qui tout faisait ombrage..... Vous que la terreur a comprimés si long-temps, l'avez-vous bien connue ? Non : pour en sentir tout le poids, il eût fallu que des circonstances impérieuses vous eussent entraînés souvent dans son temple, où le regard sinistre d'une Chalabre équivalait quelquefois à un arrêt de mort ; où une fois soupçonné votre perte était jurée, que vous accélériez même en n'y allant plus.

(e) *Du séjour des vivants*]. Le temps, les lieux, la contrainte à laquelle mes pensées sont assujetties, m'empêchent de donner à ces notes tous les développements que je désirerais ; car, en remplissant ce but, il faudrait que je fisse mention des personnes qui sont dans les fers, ce qui est incompatible avec mon caractère. Cependant, je ne peux point passer sous silence les dangers que la citoyenne Cabarrus-Fontenay a courus. Jamais victime ne fut peut-être poursuivie par Robespierre avec plus d'acharnement.

Il était question de la faire arrêter et juger à Bordeaux par la Commission militaire. Elle avait ici un véritable ami, qui était aussi le mien : je lui fis part de ce qui se tramait contre elle ; il lui écrivit, l'engagea de partir sur le champ, de s'arrêter dans quelque ville sur les bords de la Loire, et que là nous irions la voir, afin de nous concerter ensemble. Dix jours après cette lettre elle arrive à Fontenay-aux-roses ; nous y fûmes ; je n'avais jamais vu cette citoyenne : les démarches que je faisais pour elle n'étaient que par rapport à mon ami ; mais aussi-tôt qu'elle m'eut raconté ses malheurs, le sentiment qui me faisait agir se porta volontairement vers elle, et je lui promis de ne rien négliger pour la soustraire à ses persécuteurs.

Le lendemain elle vint à Paris, et fut loger chez mon ami. Le danger augmente ; on écrit de Bordeaux qu'elle en est partie, que toute recherche est du temps perdu. Les Généraux du Tyran, Lavalette et Boulanger, se donnent des mouvements pour la découvrir. Pendant plusieurs jours je fus dans des alarmes continuelles ; le temps pressait ; il fallut fuir encore, quoique sans passe-port, et se cacher à Versailles. Malheureusement elle n'emmena point avec elle sa gouvernante,

que l'on prit pour elle au moment qu'elle entrait chez mon
ami. Boulanger arrive; l'ordre porte d'arrêter non seulement
la citoyenne Cabarrus-Fontenay, mais aussi tous ceux qui
se trouveroient avec elle : mon ami et sa femme furent
compris dans cette arrestation; ils se réclament de moi, et
l'on consentit de les laisser chez eux avec deux gardiens.
Grand bruit chez la famille Duplay; j'étois évidemment coupable; cette maison leur appartenoit; je l'avais fait louer à
mon ami : la citoyenne Cabarrus-Fontenay s'y était d'abord
réfugiée; donc j'étais un conspirateur. Le conseil des femmes,
ou celui des furies, délibéra s'il fallait me faire arrêter sur
le champ. Quelle nuit affreuse ! Vers minuit, la principale victime est arrêtée à Versailles, conduite à la Section des Champs-
Elisées, et de là à la Force. Informé de ce qui se tramait contre
moi, ma première idée fut de me sauver; mais réfléchissant
sur l'impossibilité de me cacher long-temps, je me rendis chez
le Tyran. Soit dissimulation de sa part, ou l'effet de ma conversation avec lui, l'orage fut conjuré. Cependant mon ami et son
épouse couraient les mêmes périls que la citoyenne Cabarrus-Fontenay, que le sanguinaire Coffinal avait déjà interrogée; je parle
à Boulanger et Lavalette; ils me promettent de s'intéresser pour
eux; je les amène sous leurs fenêtres, afin qu'ils fussent témoins
de cette entrevue, qui dut sans doute les rassurer sur leur sort;
mais ni mon zèle ni mes démarches n'auroient pu les sauver,
si la personne dont je parle dans ma notte (c), que j'avais
amenée chez eux lors de leur mariage, et qui, dans ce moment, venait d'arracher à la mort un homme recommanda-
ble par ses vertus, Verdun, ex-Fermier-Général, ne m'avait
point vivement secondé. Il va trouver Coffinal, et obtient
de lui que la citoyenne Cabarrus-Fontenay ne sera point
encore mise en cause. Gagner du temps, j'étais sûr d'enlever
ces victimes à leurs bourreaux. La Loi meurtrière du 22
Prairial étendait déjà le crêpe de la mort sur la République;
un article fait comme à dessein enveloppait mon ami et sa
femme, sous le prétexte d'avoir donné un asile à l'aristocratie,
mot indéterminé qui laissait aux passions féroces la faculté
d'assouvir leurs vengeances. Que n'ai-je point fait ? que n'ai-je
point dit contre cette Loi de sang dès le moment qu'elle fut
promulguée ? Vous devez vous en souvenir, vous, Vadier ?
Moi, je me rappellerai toujours que telle était l'horreur
qu'elle m'inspirait, que vous parûtes la partager en la qualifiant des Loix de Dracon,...... et cependant, deux jours
après, vous vous en servez pour faire précipiter dans la
tombe vos compatriotes de Pamiers ! Le Représentant Clauzel,
était présent à cette conversation : la haine peut-elle pro-

duire des résultats aussi terribles ? Non, vous ne me persuaderez jamais que dans une Commune comme Pamiers, on ait pu trouver tant de coupables à la fois : s'il en était ainsi, que craigniez-vous ? Ces malheureux ne pouvaient point vous échapper ! Pourquoi donc faire exiler à Montpellier, de votre seule autorité, Baude, naguères votre ami ? C'est parce que votre fils vous écrivit que ce citoyen pouvait influencer les sociétés populaires du Département de l'Arriège, qui, connoissant votre animosité contre ces victimes, voulaient éclairer la Convention Nationale sur leur conduite. *Homme vertueux*, vous craigniez la lumière ! . . . . Ha ! s'il faut bannir ceux qui nous influencent, que ne chassiez-vous votre exécrable servante, qui, de concert avec un infame Coste, (le chercheur de mariage pour votre Séide,) que vous appelez homme de bien à la face de la République, et scélérat devant votre collègue Clauzel et moi, vous portèrent à me dénoncer au sein de la Convention, en m'imputant des faits que vous saviez manifestement faux, et qui cependant sont cause que depuis six mois je languis dans les fers, sans que la vérité, dont la force est irrésistible auprès d'un cœur juste, ait pu encore vous porter à me rendre ma réputation si cruellement attaquée ? Est-ce qu'il y aurait un terme où les remords n'ont plus d'empire sur l'homme ? . . . . . . Mais ce n'est point dans cette note que je dois décrire les atrocités que l'on m'a fait subir : revenons aux personnes qu'elle concerne. Dès le moment que j'eus la certitude que cette affaire n'aurait point de suites funestes, que la liberté de mon ami et de sa femme me fut promise, je les fis avertir qu'ils n'avoient rien à craindre, que leurs malheurs finiroient bientôt ; et pour mieux les rassurer, je leur fis parvenir une attestation motivée sur l'injustice de leur détention, et signée par ceux-là même qui les avoient arrêtés. Le lendemain je rencontre le représentant Tallien se promenant aux Champs-Elysées, triste et abattu ; je vais vers lui : *Tu n'as rien à craindre,* lui dis-je, *pour la citoyenne Cabarrus-Fontenay : ton amie ne sera point traduite au Tribunal Révolutionnaire.* Il doit se ressouvenir avec quelle sensibilité il me serra les mains. Cependant ce Représentant m'a cru son ennemi, même que par un concours de circonstances j'ai eu l'occasion de lui rendre des services bien importants, lors même de sa mission à Bordeaux, et sur-tout dans le temps de sa présidence, où les deux comités du Gouvernement avaient juré sa perte ; mais toujours dans la même position qu'à l'égard de la citoyenne Cabarrus-Fontenay, c'est encore par rapport à un de mes amis, son collègue Isabeau, que je me suis trouvé dans le cas de lui être utile. Sa correspondance avec Bordeaux était interceptée ; il m'en parla, et

ne me dissimula point les inquiétudes que cette inquisition
lui donnait. J'écrivis sur le champ à Isabeau ; je le prévins
qu'il était surveillé, qu'il avait auprès de lui des personnes
en correspondance avec Robespierre ; qu'il se gardât bien
de rien écrire à son ancien collègue ; que la moindre chose
qui pourroit s'interpréter en mal était capable de les perdre.
De crainte que ma lettre ne fût aussi interceptée, je la fis
parvenir sous l'enveloppe de ce même ami de la citoyenne
Cabarrus-Fontenay, qui a une maison de commerce à Bordeaux. Peu de temps après, j'eus lieu de m'applaudir de cette
démarche, car les alarmes du Représentant Tallien étaient
bien fondées. Peut-être ignore-t-il encore qu'il avait alors des
ennemis plus acharnés contre lui que Robespierre lui-même ?
Dans toute autre occasion j'ensevelirais dans l'oubli l'arme
empoisonnée avec laquelle on m'a si cruellement frappé,
quoiqu'elle n'eût dû jamais m'atteindre ; mais puisqu'on a eu
l'atrocité de me prêter un rôle infame, incompatible avec
mon caractère, avec ma sensibilité, et sur-tout avec ce prin-
cipe gravé profondément dans mon ame, qu'il vaut mieux
obliger les plus grands des scélérats, que de nuire à personne,
je vais dire qui sont ceux qui mettaient des espions auprès
des Représentans du Peuple. Eh bien, c'est Vadier lui-même,
qui dans le temps où l'on combinait l'anéantissement de quelques grands hommes qui avaient tant de titres à la récon-
noissance nationale, faisait suivre par-tout Tallien ; et telle
était cette tyrannie, que l'appercevant chez un négociant
Bordelais où il allait dîner, il retourne brusquement sur ses
pas, et ramène avec lui ses deux collégues Voulland et Jagot
qui étaient de cette partie. C'est ainsi que pour écraser l'innocence, on lui prête les mêmes attentats qu'on a fait com-
mettre : c'est Robespierre, qui, suivant mon dénonciateur,
met Taschereau auprès de Vadier, et Taschereau avait eu
des liaisons avec Vadier long-temps avant Robespierre. Il ne
pouvait se passer de moi ; il me faisait demander lorsqu'il
s'écoulait un jour sans nous voir. Je le conduisais par-tout ;
rien ne me coûtoit : mes sacrifices étaient un plaisir. . . . . .
Je croyais à sa vertu, qu'il proclamait lui-même, et rien ne
m'annonçoit encore le caractère qu'il a développé ensuite. Tout
à coup la scène change ; un rapport de sang sur une prétendue mère de Dieu divise deux hommes jusqu'alors étroite-
ment liés ensemble. L'un veut que Cathérine Théos et sa
nombreuse suite subissent la mort des conspirateurs : l'autre,
moins cruel, du moins cette fois, lui refuse ces victimes. La
querelle devient sérieuse. . . . . . Trop près du combat je pris
le parti de m'éloigner : dès la fin de Prairial je n'ai parlé ni à
l'un ni à l'autre ; mais cette précaution même ne me servit de rien

J'étais, malgré mon absence, entre l'enclume et le marteau ; ou, pour mieux dire, semblable à une timide colombe qui voit foudre sur elle, deux vautours : je ne pouvais échapper à mon sort.

(f.) *Subit les mêmes coups*]. Comment se fait-il que les délits contre-révolutionnaires puissent mériter le même degré de peines chez les femmes que parmi les hommes, puisque dans nos conventions sociales nous les privons de tout droit politique ? Le crime dont le succès ne peut en aucune manière tourner directement à l'avantage de la personne qui le commet, n'a point le même caractère que celui qui présente à son auteur la perspective d'en recueillir exclusivement le fruit.

(g) *Passait les sombres bords*]. Dans le temps que la faction d'Hébert répandait la désolation dans toute la République, Robespierre invitait ce Vandale ; et tels étaient les égards qu'il affectait d'avoir pour lui, que sa femme se trouvait dans toutes ces parties ! La conspiration éclate ; les traîtres sont arrêtés et traduits au Tribunal Révolutionnaire. Pendant qu'ils sont en cause, le tyran ne paraît nullement tranquille ; des Juges, des Jurés se rendent chez lui à la fin de chaque séance, et telles furent les précautions que l'on dut prendre, qu'il ne fut point compromis.

(h) *Cet affreux précipice*]. Dès les premiers jours que je fus précipité dans cet horrible cachot, présumant que l'atrocité de cette injustice me conduirait à une catastrophe plus terrible encore, et ne voulant point laisser à mes bourreaux le plaisir barbare de déchirer dans le tombeau la mémoire de leur victime, je traçai en traits de sang leur vie politique, leurs forfaits, les dénouements qui en furent les résultats, et je déposai dans les mains de l'amitié ce manuscrit qui, en attestant mon innocence, dévoile des crimes inconnus dans l'Histoire. Je vous y cite, vous tous qui fûtes les seuls et véritables amis du tyran ; qui avez partagé son pouvoir, secondé son ambition ; alimenté ses haines mortelles ; qui l'avez même surpassé en crimes, sur-tout dans cette nuit affreuse, nuit des vengeances, où les Euménides excitaient vos cœurs, où la mort de plusieurs de vos collègues fut irrévocablement jurée, parce qu'ils voulaient pénétrer dans l'abîme de votre exécrable Machiavélisme. J'y parle de ce chapeau que l'indignation fit jeter dans le feu, de la fuite précipitée de ce même homme, qui, ne sachant rien, qui arrivant des armées, se chargea néanmoins de jouer votre sanglant rôle. A., V., vous courûtes après lui, et telle fut la rapidité de votre marche,

que vous le trouvâtes au moment où il allait jeter son rapport notterisqueau feu...... Un instant plus tard, où en étiez-
vous ?...... Auriez-vous eu le temps de forger un autre rapport sur des pièces idéales, ou sur les mêmes notes que
Billaud avait fournies, qui alors supposait par-tout des conspi-
pirations jusque dans une somme de TROIS MILLE LIVRES qui
a servi de prétexte pour perdre la compagne intéressante de
ce Vétéran révolutionnaire qui l'avait attaqué dans son vieux
Cordelier ? Non, vous n'auriez pas eu le temps de consom-
mer..... j'allais dire votre crime, sans songer que je suis
dans les fers, et par vous !...... Mais quelle considération
peut m'empêcher de poursuivre ? La crainte...... Quel mal
pourriez - vous me faire que je n'aie déjà éprouvé ? N'avez-
vous point suspendu le glaive de la mort sur ma tête ? Mon
ame alors était tranquille ; et cependant je vous connaissais !....
Pourquoi donc ne dirai-je point que vous avez assassiné Danton
et ses malheureux amis ? S'il en eût été autrement, auriez-
vous pris ces précautions qui ravissent à l'innocence tous les
moyens de se défendre ? Les auriez-vous plongés dans des
cachots différents, si vous eussiez eu la preuve des crimes
que vous leur supposiez ? Priver l'amitié de cette dernière
consolation, c'est le comble de l'outrage ! L'infortuné Camille
parvient à force de peines jusques au pied du mur qui ren-
fermait Danton ; il l'appelle ; il dormait ; il élève la voix ; on
l'entend : comme il fut reconduit, bon Dieu !....... Pourquoi ne dirai-je point que cela fut un assassinat médité, pré-
paré de longue main, lorsque deux jours après cette séance
où présidait le crime, le Représentant Vadier me racontant
toutes les circonstances de cet événement, finit par me dire :
» Que Saint-Just, par son entêtement, avait failli occasionner
» la chute des membres des deux Comités, car il voulait,
» ajouta-t-il, que les accusés fussent présents lorsqu'il aurait
» lu le rapport à la Convention Nationale ; et telle était son
» opiniâtreté, que voyant notre opposition formelle, il jeta
» de rage son chapeau dans le feu, et nous planta là. Robes-
» pierre était aussi de son avis ; il croyait qu'en faisant arrêter
» préalablement ces Députés, cette démarche ne fût tôt ou
» tard répréhensible ; mais, comme la peur était un argument
» irrésistible auprès de lui, je me servis de cette arme pour
» le combattre : Tu peux courir la chance d'être guillotiné, si
» tel est ton plaisir ; pour moi, je veux éviter ce danger,
» en les faisant arrêter sur le champ, car il ne faut point
» se faire illusion sur le parti que nous devons prendre ;
» tout se réduit à ces mots : Si nous ne les faisons point guil-
» lotiner, nous les serons nous - mêmes ». Est-ce là le langage
de l'homme juste qui poursuit des coupables ? Ou serait-ce
plutôt

plûtôt celui du crime qui, craignant la vérité, saisit d'abord
sa victime qu'il ne quitte plus qu'au tombeau ? Du moins
c'est toujours celui de la haine dont les résultats poignardent
la Patrie !...... Collot d'Herbois se brouille avec Danton,
parce que celui-ci ne le seconda point pour envoyer au
Tribunal Révolutionnaire le Ministre de l'Intérieur, Girat,
la dernière fois qu'il le fit mander à la barre de la Convention Nationale. Billaud-Varennes, dont le cœur distille le fiel,
ne lui pardonna jamais d'avoir empêché que Desargues quittât
le Département des Affaires Etrangères, où il voulait placer
son ancien faiseur Pio.....

C'est toujours l'intérêt, père de tous les crimes. C'est lui sur-
tout, qui livra Camille-Desmoulins à la fureur de ses cruels
ennemis. Dans un de ses derniers numéros du vieux Cordelier,
ne voulant point attaquer directement Robespierre sur un
trafic infame qu'il faisait avec quelques-unes de ses créatures,
il se contenta d'en rejeter l'odieux sur Nicolas, qui paraissait
propriétaire d'une Imprimerie, où l'on imprimait les jugements
du Tribunal Révolutionnaire, ainsi que le travail de plusieurs
Commissions administratives. Cependant Nicolas n'était pour
rien dans cette entreprise : on lui donnait deux mille livres
pour qu'il en eût soin, et le gain qu'elle produisait allait au
delà de soixante mille livres par an, qui étaient partagées entre
Duplay, Lajousky, Deschamps (*) et Robespierre. Les
intéressés se reconnurent dans cet écrit, et dès ce moment
ils se déchaînèrent contre Camille. Ceux qui préparaient sa perte
profitèrent de cet événement; et Camille n'est plus !

(i) *Ton supplice eût été sans fin*]. Les Indiens qui ont sur-
vécu aux horreurs que *lord Clives* a exercées dans ces mal-
heureuses contrées, lorsqu'il en était Gouverneur, ont dû
sans doute éprouver une consolation bien plus grande en
apprenant que leur bourreau, de retour dans sa Patrie, n'a
cessé, pendant son exécrable existence, de se voir poursuivi, dévoré par les remords vengeurs du crime, qui l'ont
forcé à se déchirer lui-même les entrailles, que s'il eût perdu
la vie sur un échafaud; mais cet exemple d'une justice éternelle aurait produit un effet plus consolant encore pour l'humanité, si le Parlement Britanique eût frappé ainsi ce monstre...... errant dans cette Isle; il aurait porté l'épouvante dans
l'ame de ceux qui lui ont succédé dans ce Gouvernement,
qui, au lieu de sonder les plaies qu'il y avait faites, ont grossi
la masse de ses forfaits.

Si mon cœur, flétri par le malheur, pouvait aimer la ven-

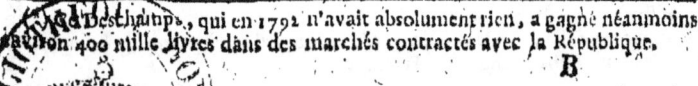

(*) Deschamps, qui en 1792 n'avait absolument rien, a gagné néanmoins
environ 400 mille livres dans des marchés contractés avec la République.

geance, je ferais des vœux pour que mon plus cruel ennemi vécût long-temps ; car, que m'importe qu'il meure ? Ne sais-je point que tandis qu'un sommeil tranquille me dérobe ses crimes, il passe ces mêmes momens dans des craintes continuelles ? Qu'est-ce que la mort ? Rien. Quel effet terrible a-t-elle produit sur moi lorsque Vadier, dans le fond de mon cachot, l'offrait sans cesse à mes yeux, dans le temps qu'elle était à sa disposition ? aucun : elle se dépouille pour l'innocence de tout ce qu'elle a d'effrayant, tandis que la terreur l'environne, lorsqu'elle poursuit les grands criminels dont l'existence, dans cette position, devrait se prolonger à l'infini.

(k) *Mal placé ses bienfaits*]. On m'accuse d'être l'ami de Robespierre. Si cette supposition était vraie, je ne me donnerais point la peine de l'affaiblir en aucune manière, car l'amitié ressemble souvent à l'amour : elle a aussi son bandeau sur les yeux, et nul mortel ne pourrait me faire un crime d'avoir suivi les impulsions de mon ame ; mais il est manifestement faux que je fusse l'ami du Tyran (*). Il y a près de cinq ans que je le connaissais ; mais toute liaison intime avec lui a fini dès le jour qu'il est entré au Comité de Salut Public ; et depuis cette époque jusqu'au jour de sa chute, je n'ai pénétré que deux ou trois fois dans son repaire ; encore était-ce l'humanité qui m'y conduisait. Pendant ce même intervalle je n'ai dîné qu'une seule fois avec lui chez Duplay, où le Représentant Collot d'Herbois fut invité aussi. C'était le jour de l'assassinat commis par l'Amiral ; de sorte que je ne me trouvai de cette partie que par l'effet du hasard ; que parce que je logeais dans la maison de ce dernier Député ; que parce que j'avais pris une part active dans les événemens de cette nuit ; que j'avais reçu dans mon lit le généreux Geffroy noyé dans son sang, à qui Collot d'Herbois lui-même avait refusé un matelas, quoiqu'il se fût sacrifié pour lui. Ce procédé qui caractérise si bien l'ingratitude, ne me surprit nullement, car j'avais ouvert les yeux sur mon voisin, même avant son départ pour Lyon, et je n'étais plus la dupe de ces sensibilités théâtrales qui disparaissent aussi-tôt qu'on a quitté la scène. Pendant les derniers six mois qui ont précédé ma détention, à peine ai-je monté autant de fois chez lui, encore me faisait-il demander ; et mon respect pour la Convention Nationale, pour chacun de ses membres en par-

_____

(*) " Je dois m'expliquer sur la nature de cette prétendue amitié qui " s'est bornée à voir Taschereau publiquement, et à examiner avec soin ses " démarches. La conduite de Taschereau m'a paru dans tous les temps " conforme aux vrais principes, et néanmoins dans tous les temps un " instinct de défiance m'a mis en garde contre lui ". Opinion de Robespierre aux Jacobins dans le mois de Frimaire.

ticulier, m'imposait en quelque sorte le devoir d'être obligeant et honnête envers tous, lorsqu'il ne s'agissait que de services personnels. Cette profession de foi servira de réponse à ceux qui pourraient supposer que nous étions encore liés ensemble. Au reste, j'ose me flatter, citoyen Collot d'Herbois, que ma franchise ne vous déplaira point, car, pour peu que vous puissiez vous ressouvenir de tout ce que j'ai fait pour vous avant que vous fussiez appelé à la Convention Nationale, vous conviendrez qu'il m'est bien permis, aujourd'hui que je suis dans les fers, de dévoiler ces fausses amitiés qui poignardent l'homme tout en le caressant. Je vous ai vu de trop près, et nous avons des défauts qu'on voudrait se cacher à soi-même. Cependant vous saviez combien je suis discret, quoique Vadier ait avancé le contraire, puisque je n'ai jamais dit à qui que ce soit où vous étiez caché la nuit du neuf au dix Août. Ne vous trouvant point à votre poste, où l'on vous attendait, jaloux de votre réputation je vous cherchais par-tout ; et telle était l'idée que j'avais alors de votre patriotisme, que je vous croyais parmi les braves volontaires du Faubourg Antoine, où je fus, avec vos collègues Merlin de Thionville et Taillefer, vous chercher aussi ; mais comment vous trouver ? vous étiez caché chez Tolède avec Dessieux. Je suis discret, vous le saviez. J'aime que le bien se fasse, et jamais le mal ; et si nous étions dans un temps où j'ai pu vous épargner des remords, rappelez-vous de cette nuit, où revenant d'une fête à jamais remarquable, par rapport au monstre qui la présidait, vous vouliez faire arrêter tout le corps-de-garde de notre Section, en le qualifiant de partisan de l'Amiral, parce que le commandant du poste n'avait point devant vous ce ton grave que vous exigiez de lui. Je parvins à vous calmer ; cependant la sentinelle se ressentit de votre mauvaise humeur ; il fallut l'arrêter...... Vous vouliez plus..... Le Dieu *du jour*, instruit de cette anecdote, ne vous aurait point désavoué pour son grand-prêtre. Ma présence fut salutaire à l'humanité : elle vous garantit peut-être d'un crime. Peu de temps après, elle calma les fureurs dont votre ame était agitée : je dormais d'un sommeil tranquille ; vous m'appelez à grand cris ; je monte...... dans quel état vous étiez, bon Dieu ! *Je ne sais ce qui m'agite*, me dites-vous ; *à peine ai-je fermé l'œil que ma bouche s'ouvre, et je souffre en parlant.* J'ignorais les causes de ces agitations. Etait-ce le repentir qui les faisait naître ? Quoi qu'il en soit, je vous vis pour mon malheur dans cet état affreux, car s'il en eût été autrement, peut-être que les services que je vous ai rendus auraient plaidé ma cause lorsque votre collègue Vadier projetta, tout en m'avilissant, ma perte. Vous saviez vous sur-tout, citoyen Représentant, que ce qu'il avançait n'était qu'un tissu de calomnies et d'absurdités dégoûtantes; vous connaissiez mon patriotisme, car nous avions habité pendant trois années sous le même toît; vous saviez les persécutions que le Tyran venait de me faire éprouver; vous saviez que naguères j'avais dit à votre femme que je ne croyais point qu'il y eût un plus grand scélérat que Robespierre, que je le détestais; vous saviez enfin comment je m'étais prononcé contre la Loi du 22 Prairial, en dînant ce même jour chez le Suisse des Thuileries, et le lendemain chez vous. Eh bien qu'avez-vous fait pour moi lorsque je fus atrocement plongé dans un cachot?...... Vous avez encouragé mon dénonciateur pour qu'il accélérât ma perte, n'importe par quels moyens. L'amitié tremblante, désolée, à laquelle vous en avez si long-temps imposé, courut chez vous, vous conjurer de sauver l'innocence. Quelle fut votre réponse? *Qu'il ne fallait plus penser à cet homme.* Et cependant tel était cet homme, qui, pressé de tous côtés par le crime, n'en a jamais souillé ni son cœur ni ses mains; qui, jeté, par amour pour la Liberté, dans cette mer des passions destructives de la nature humaine, n'a jamais connu que celles qui doivent faire le bonheur de la société; qui, lié d'abord avec des hommes qui ne parlaient sans cesse que de justice, d'humanité, de dévouement pour les intérêts du Peuple, dont tout l'extérieur annonçait mœurs, probité, désintéressement, enfin toutes les vertus domestiques, s'en éloigne au moment qu'il s'apperçoit que l'ambition, la soif de dominer les consume; que parvenus à la toute-puissance, il s'en écarte encore davantage; que voyant les faveurs, les places éminentes pleuvoir sur leurs amis, leurs créatures, il ne demande rien, il ne réclame pas même des indemnités qui lui sont impérieusement dues par le Gouvernement pour sa mission à Madrid; mission qu'il a d'autant mieux remplie, et dont les preuves existent au Département des Affaires étrangères, qu'il a été, malgré son caractère, proscrit par le Ministère Espagnol, contraint de s'enfuir sous un autre nom (*), et d'abandonner

_____

(*) De tous les Agens que la République avait auprès des Puissances étrangères, soit comme Ambassadeurs ou toute autre qualité, peut-être étais-je le seul qui, pénétré de l'amour de la Patrie, entretins avec le Département des Affaires étrangères une correspondance véridique sur ce qui se passait. Bourgoin écrivait toujours que le Gouvernement Espagnol était de la meilleure foi du monde envers nous, et j'écrivais sans cesse qu'il nous trahissait, qu'une artillerie formidable, et presque toutes ses troupes de ligne se portaient aux frontières. Aussi la manière de nous renvoyer fut-elle différente. L'Envoyé reçoit son passeport, et une lettre du Ministre Alcudia tout-à-fait obligeante. Ce même soir ma maison est investie par les satellites de Charles IV; cependant je trouve le moyen de me sauver en me préci-

sa famille, qui fut, bien-tôt après, forcée de partir sans
pouvoir emporter rien de ce qu'elle avait; qui enfin fut leur
dupe, leur victime, qui gémit dans les fers comme s'il avait
tenu une conduite tout-à-fait opposée, comme s'il avait par-
ticipé directement ou indirectement dans aucun de leurs forfaits.
Voilà l'homme, citoyen Collot, auquel vous vouliez qu'on
ne pensât plus, qu'on l'envoyât à la mort, parce qu'il avait
connu Robespierre lorsque vous étiez à ses pieds; vous,
son flagorneur éternel, qui trouviez la comparaison de Manuel
trop foible quand celui-ci le comparait à Castor; qui dans
ces derniers temps même veniez dans notre Section nous
chanter ses louanges; et cependant vous saviez que depuis
six mois ce Tyran conspirait contre la République. S'il en
était ainsi, comment concilier vos attentions envers lui jusque
dans les moindres choses? Quel assemblage de contradictions
votre conduite n'offre-t-elle point! ..... Le Tyran conspirait
depuis long-temps; vous le saviez, vous le souffriez; donc
vous étiez ses complices; car, quel est l'homme libre qui,
sachant sa patrie dans un danger aussi imminent, n'eût poignardé
le traître, constamment sous ses yeux, qui projettoit sa
perte?

(1) *J'allais te la ravir*]. J'ai déjà parlé de Verdun, ainsi que
de l'ami qui a tant contribué à le sauver, quoiqu'il fût compris
dans le même acte d'accusation contre les Fermiers Généraux;
je veux aussi lui en laisser tout le mérite, d'autant plus qu'il
n'y eut que lui qui réussit auprès du Tyran pour empêcher
que ce citoyen ne fût mis en cause.

Sept personnes de ma Section sont arrêtées à la fois en
vertu d'un ordre du Tribunal Révolutionnaire; elles avaient
signé un certificat de résidence. Je fus trouver l'Accusateur
public; je lui démontrai qu'il n'y avait qu'un seul coupable,
qui s'était échappé, et que les autres avaient signé de confiance. Je ne quittai point cette affaire qu'elle ne fût terminée.
Toutes furent aquittées: c'était en Messidor dernier.

---

pitant de mes fenêtres, et je cours chez le Chargé des affaires d'Hollande,
qui, plein de zèle et d'attachement pour les Français qu'il a constamment
défendus pendant son séjour à Madrid, me donna un asile chez lui, et fit
partir sur le champ un domestique pour Aranguez, pour avoir un passeport,
sous le prétexte d'expédier un courrier extraordinaire à la Haye. Je pris la
poste ainsi déguisé, et dans quarante-huit heures je fus à l'abri du danger
que je venais de courir.

Un brave Militaire, commandant d'un bataillón, est traduit au Tribunal Révolutionnaire. Son crime (et c'en était un bien grand alors), son seul crime était d'avoir mal parlé de Marat, qui, s'il eût vécu, n'aurait pas souffert que ce Guerrier eût été pour cela mis aux arrêts 24 heures ; mais telle était l'encyclopédie volumineuse des délits, qu'on pouvait tout atteindre. Pendant deux mois je fis plusieurs démarches pour lui. Vadier, qui le connoissait particulièrement, daigna dire un demi-mot pour ce courageux républicain, encore me fallut-il l'escamoter. Enfin, on me fait espérer qu'il sera acquitté par la Chambre du Conseil, qui néanmoins en décida autrement ; et telle était la fatalité du sort qui le poursuivait, que malgré son patriotisme prononcé, et ma persévérence à faire triompher son innocence, il fut, au sortir du Tribunal, reconduit en prison, où il devait rester jusqu'à la paix. Huit jours après, j'obtins la permission qu'il fût transféré, auprès de sa famille, à Toulouse.

Vers les cinq heures du matin, la citoyenne Thomas entre dans ma chambre toute en pleurs ; un gardien des prisons du Luxembourg venait de l'avertir que son mari avait été à minuit transféré à la Conciergerie pour être jugé ce même jour. Pour démontrer qu'il n'était nullement coupable, son affaire exigeait encore quelque temps. Je me lève ; je vais trouver cet ami qui m'a tant de fois obligé en pareille circonstance ; nous allons ensemble chez l'Accusateur public ; j'expose ce qui concerne Thomas ; je réponds même de son innocence, et j'obtiens qu'il soit réintégré dans sa première prison. Il était bien temps : Dumas avait appelé son nom ; ce qui équivalait à un arrêt de mort : aussi un journal du soir l'avait mis dans le nombre de ceux qui furent alors condamnés. Comme Négociant, on l'avait classé dans le même procès de Magon de la Balue. Pour plus grande précaution, je m'étais entretenu de lui avec quelques Jurés, et je fis tourner au profit de l'humanité cette conversation ; car Meot, le Restaurateur, vint dans ce moment me parler pour un de ses garçons mis en jugement : il fut acquitté. Meot me trouvant ce même soir à la cour des Jacobins, s'avança vers moi pour me remercier ; je tremblais : Vadier était à mes côtés... ... et ma crainte était bien fondée. Vous m'en avez fait un crime depuis, citoyen Vadier, au sein de la Convention Nationale. Voilà cependant ce que je faisais pour ces parens de détenus, à qui je n'ai jamais fait faire antichambre, ni à qui que ce soit dans le monde, ce qui, au pis aller, aurait mieux valu que l'accueil que mon ancien voisin faisait à ceux que le malheur amenait chez lui, qui finissaient quelquefois par être précipités en bas de l'escalier ; la femme intéressante de Lamarlière en éprouva une semblable (*); et moi je m'intéressais vivement pour elle, par cela seul que Lavalette, créature de Robespierre, poursuivait son mari. Ainsi les mauvais exemples ne corrompent pas toujours. Votre porte, Vadier, était toujours fermée; la mienne fut toujours ouverte à l'infortune, parce qu'il est dans mes principes d'obliger même un scélérat, plutôt que d'être injuste envers personne. Si c'est un crime, je m'avoue coupable. Chacun a sa manière pour recevoir le monde : vous me receviez amicalement, mais pour m'envoyer ensuite à la mort ! Vous receviez le malheureux Darming, et son père n'est plus ! Vous receviez Louvet, dont la candeur était peinte sur le visage, à qui vous promettiez de vous intéresser pour son frère, et son frère, ardent patriote, n'est plus ! Vous étiez si obligeant, que vous permettiez que votre domestique servît en même temps le confiant Maire de Toulouse, à qui vous aviez donné Paris pour prison, dont vous m'assuriez l'innocence, et néanmoins vous l'envoyâtes au Tribunal. Où est-il maintenant ? . . . . . Vous savez au moins où est sa montre avec sa chaîne d'or. Elle était chez l'Horloger entre les cafés de Chartres et du Caveau, à qui vous ordonnâtes de la remettre à ce même domestique, dont vos attentions pour lui sont sans bornes, au point que vous aviez résolu de faire traduire au Tribunal Révolutionnaire celui de Cassation, pour n'avoir point trouvé juste de rendre un jugement en faveur de cet homme : et telle était votre colère, qu'elle s'étendait aussi contre l'épouse du Représentant Clauzel, parce que, suivant vous, elle avait vu le Président lors de ce procès, ce qui n'était point vrai. Cette affaire était d'autant plus sérieuse dans ses conséquences, qu'elle faisait manquer un mariage pour votre servante, et l'on sait ce que vous avez fait en pareil cas pour venger votre fils (**).

(*) L'épouse du citoyen la Grange, ancien Lieutenant-Général, était alors chez moi : cette mère désolée avait deux enfans aux frontières, dont le plus jeune n'avait que dix-huit ans; l'aîné était parvenu par son courage à un grade élevé; la jalousie s'en mêla : ils furent l'un et l'autre incarcerés, sous prétexte qu'ils étaient nobles. Je parlai pour eux au Représentant du Peuple qui les avait fait arrêter. La veille de son départ pour l'armée, nous soupâmes ensemble avec le Général Jourdan, et il me promit qu'à son arrivée il rendrait la liberté à ces deux citoyens : ce qu'il fit en effet.

(**) Tel est le malheur qui poursuit ceux qui se mêlent de marier Vadier fils, que dans ce dernier temps un Notaire étant à la veille de lui procurer, par l'entremise de Coste, *qui voulait du bien au père*, une riche héritière, fut arrêtée, traduite au Tribunal et jugée dans les vingt-quatre heures. Cet événement inattendu rompit les négociations. . . . . . . Heureusement cette jeune citoyenne n'avait point de père.

(m) *Etranger aux forfaits, ainsi qu'à la vengeance*]. Dans le temps que j'étais proscrit par les Jacobins (*), quatre citoyens voulant se faire une mérite auprès d'eux, n'ont cessé de m'inquiéter de toutes les manières dans les assemblées générales de ma Section, où ils avoient une si grande influence, qu'ils étaient alors Présidens à la fois des Comités Révolutionnaire, Civil, de Bienfaisance et de la Section. Quelque temps après, ils furent tous arrêtés par ordre du Comité de Sûreté Générale. Je fus ce même soir demander leur liberté ; je la sollicitai vivement ; on me la promit. Le lendemain je renouvelle ma demande : une heure après ils furent libres. C'est ainsi que je me suis toujours vengé de mes ennemis quand j'en trouvais l'occasion. Et cependant le Représentant Vadier, à qui rien ne coûte, m'accuse que pour me venger de lui j'avais fait arrêter cet ami dont j'ai parlé, *qui lui vouloit du bien*, tandis qu'il savait positivement le contraire..... Mais lorsqu'on a résolu de sacrifier un homme, fait-on entendre le langage de la vérité ? Il savait lui sur-tout combien j'étais ennemi de ces violations arbitraires ! Depuis le commencement de la Révolution jusqu'au neuf Ther-

---

(*) L'immortel Camille, qui fut dénoncé en même temps que moi par le favori du Dictateur, avait dit une grande vérité : « Que chassé des » Jacobins, on avait déjà fait la moitié du chemin pour monter sur » l'échafaud «. Pendant cette persécution, qui faisait trembler l'amitié en me donnant un asile, ma conduite fut scrupuleusement examinée ; la moindre faute eût été un crime : j'étais proscrit par l'opinion terrible d'alors... je marchais sur un volcan. Enfin, après cinq mois, je rentrai dans cette Société, dont les crimes ont éclipsé les jours brillans de sa gloire, sans qu'aucun de ces prétendus amis élevât la voix en ma faveur, mais bien par la force de la vérité qui confond la calomnie. Là, comme par-tout, j'ai servi ma Patrie. Là, le mot de terreur n'est jamais sorti de ma bouche. Là, je me suis prononcé contre les arrestations arbitraires, sans jamais en provoquer aucune, et cependant seul et unique moyen pour obtenir les faveurs et la confiance du Tyran. Là, j'ai combattu l'opinion de Vadier, infaillible alors, qui trouvait fort étrange que la Section Brutus vînt demander la liberté d'un jeune homme dont elle attestait le civisme, et qui peut-être aurait été sacrifié si j'eusse gardé le silence. Là, sur-tout, j'ai empêché que la Porte Ottomane, excitée par les Envoyés des Puissances étrangères, ne se déclarât contre nous, en faisant rapporter l'affiliation que quelques intrigans avaient fait accorder à une certaine Société établie à Constantinople, dans le même esprit, sans doute, que celle de Manchester, que Pitt avait formée lui-même. Et cependant j'étais révolutionnaire lorsque dans les Pyrénées Occidentales il fallait électriser une armée de cinq mille hommes, qui ne avait une de trente mille à combattre. J'étais révolutionnaire, lorsque, sous les yeux des Représentans du Peuple Mazade, Ysabeau et Neveu, enveloppés eux-mêmes par les Espagnols, je courus avec quelques Volontaires reprendre la redoute de Louis XIV, ce qui força l'ennemi vainqueur à repasser la Bidossoa. J'étais révolutionnaire, non comme Billaud, qui tue même en regardant, mais bien comme l'ami de l'humanité, qui se jette entre des assassins pour sauver quelques victimes.

midor, où je fus frappé en même temps que le crime, je n'ai fait arrêter qu'une seule personne; je n'en ai dénoncé qu'une seule non plus, à laquelle je me suis intéressé depuis. Membre de mon Comité Révolutionnaire dès le mois d'Août 1793, j'ai resté jusques à la fin de Ventôse, sans y paraître qu'une ou deux fois, parce que ces fonctions étaient incompatibles avec ma sensibilité; et dans ces derniers temps je n'y allais que fort rarement, encore était-ce pour empêcher qu'un homme, que l'intrigue venait d'y appeler, n'effectuât le dessein qu'il avait de faire arrêter soixante citoyens dont il avait la liste fortifiée de l'opinion de la Société Sectionaire. Le citoyen Trial, qui aurait voulu voir toutes les prisons vides plutôt que d'y renfermer un innocent, m'avertit à temps; et nous sûmes contenir l'humeur arrestative de ce nouveau venu.

(n) *Que j'ai bien mérité*]. J'étais à Tarbes avec le Représentant du Peuple Ysabeau, lorsque nous apprîmes que Chabot étant à Toulouse y bouleversait tout; que la Société Populaire envoyait par ses ordres des Commissaires dans toutes celles du Midi pour les engager à envoyer dans son sein deux Membres chacune, afin de former un congrès. Je ne vis dans ce rassemblement qu'une espèce de *Convention Sociétaire* capable d'opérer les plus grands désordres. Je communiquai mes craintes à Ysabeau, qui, les trouvant fondées, me fit partir sur le champ pour Toulouse avec des pouvoirs suffisants pour conjurer l'orage. J'arrive dans cette Commune où la fermentation était si grande, que Chabot lui-même en craignit les suites, et disparut. Les Envoyés extraordinaires, forts de l'appui de leurs Sociétés respectives, agissaient comme si la toute-puissance avait passé dans leurs mains. Les Autorités constituées, avilies, outragées, s'assemblent extraordinairement à la Maison Commune; les Sociétaires s'y rendent aussi; un peuple immense les y suit, en obstrue les avenues: le canon chargé à mitraille est placé à la porte. La discussion s'anime; on est près d'en venir aux mains. Je demande la parole, j'expose la mission dont je suis chargé; j'exige que tout rentre dans l'ordre: j'empêche enfin que le sang ne soit point répandu..... A la même heure il coulait dans les rues de Lyon.

Si j'ai servi l'humanité, ma Patrie, sans ostentation, sans autre fruit que celui d'avoir fait le bien, il m'est permis, sans doute, de parler de mes services aujourd'hui que je suis dans les fers, ne fût-ce que pour détruire cet enchaînement de passions, qui semblent former un faisceau pour accabler l'innocence, contre laquelle les impossibilités

ont produit le même effet que des preuves incontesta-
bles. Je puis donc dire que mon patriotisme a servi
essentiellement la République, sur-tout dans les Départemens du Midi. J'en appelle au témoignage des Représentans du Peuple Mazade, Ysabeau, Neveu, Baudot, Pro-
jean, Chaudron-Rousseau, sous les yeux desquels j'ai constamment agi : qu'ils disent si jamais je les entretenais du
Tyran, dont Vadier prétend que je lui récitais tous les
discours, que je savais par cœur : quelle vaste mémoire !
qu'ils disent si jamais ma bouche a prononcé son nom dans
aucune Tribune publique ? Si ma correspondance continuelle
avec l'un deux faisait jamais mention de lui ? Non, je ne
m'occupais point de Robespierre ; je ne lui écrivais point
non plus ; mais je songeois à la Liberté, dont mon amour
pour elle m'a tant trompé sur les hommes. Elle était alors en
danger ; je redoublais de zèle. J'aidais, je défendais les Représentans du Peuple ; mon activité multipliait, pour ainsi
dire, mon être ; j'étais par-tout. Jour et nuit je parcourais
les Départemens ; je traverse celui qui m'a vu naître, où
la nature de son sol prête à la tranquillité de ses habitans,
au recpect pour nos Loix ; et cependant, peu de temps après,
Vadier y suppose un foyer de contre-révolution, y répand la désolation et la mort !..... C'est dans ma prison
que j'apprends ces horreurs, que je rencontre un grand nombre de mes compatriotes que la même main y avait précipités. Vous êtes libres, citoyens de l'Arriège : retournez
dans vos paisibles foyers ; que vos enfans, que ceux qui
sont encore à naître répètent après vous que dans nos contrées
il y eut un homme que vous aviez choisi pour vous défendre, qui, empruntant le masque de la vertu pour mieux
voiler ses crimes, sacrifiait à ses vengeances l'amitié géné-
reuse, la vieillesse sur le bord du tombeau, le père vertueux
au moment qu'il embrasse son fils ; qui..... oubliez-le plutôt ;
ne songez plus à lui : le néant est un supplice....../. je l'aurais
oublié moi-même, malgré qu'il m'ait ravi ce que j'avais de
plus cher au monde, une réputation acquise par cinq années
de travaux patriotiques ; je l'aurais oublié pour m'épargner
sur-tout l'horreur de penser à lui ; j'aurais attendu que la
vérité, compagne inséparable du temps, eût fait triompher
mon innocence ; mais on donne à mon silence des interpré-
tations qui ajoutent encore à mon malheur.

Ils m'ont poursuivi ces hommes cruels, en me supposant
l'ami d'un homme plus cruel qu'eux encore, qui jamais ne
le fût de personne, et dont ils pleurent aujourd'hui la chute,
qui, tout en écrasant leur ambition, les effraye à l'aspect
de l'abîme que le remords creuse sous leurs pas. Serais-je

opprimé aussi pour les avoir connus ? Voudrait - on trans-
former en amis mes calomniateurs, afin que leur victime ne
trouvât aucun moyen de se soustraire à son malheureux sort ?
Déjà dans une feuille, où l'auteur peint leurs crimes en traits
de feu, on m'y qualifie de *garde* de Collot d'Herbois......
Oui, dans le sens du brave Geffroy, lorsqu'il s'agit de défendre la Représentation Nationale, je suis alors un garde
qui couvrirait de son corps, au risque de ses jours, Vadier
lui-même (*). Laissez-moi donc mon caractère, vous qui,
mal instruit de ma conduite envers votre Collègue, de qui
le voisinage a tant de fois affecté la sensibilité de mon ame,
me faites agir d'une manière tout-à-fait opposée à mes
principes. Savez-vous que cette nuit même j'ai bien mérité
de l'humanité ? Collot d'Herbois fit en effet arrêter le Caba-
retier, *que je n'ai point conduit* ; il fit arrêter aussi son garçon ;
mais deux jours après, à l'insu de ce Représentant, nous les
avons mis en liberté. Ce n'est pas tout, nous lui arrachâmes
formellement une victime, qui, traduite au Tribunal Révolutionnaire, aurait, d'après sa déposition, infailliblement péri.
C'est cette même sentinelle dont je parle ailleurs ; sa con-
signe était de ne laisser sortir personne ; Collot d'Herbois
s'en retournant, éprouve quelques difficultés ; il décline sa
qualité ; la sentinelle le laisse passer. Il revient vers elle ;
est-ce que vous ne me connaissez point, dit-il ? — Non,
citoyen. — Comment non ? — C'est la première fois que
je vous vois, répliqua-t-elle. Il rentre dans le corps-de-garde
furieux, nous dit qu'on vient de l'insulter ; qu'on a manqué
à la Représentation Nationale ; que la sentinelle méritait la
mort ; nous enjoignit de l'arrêter : il voulait encore que nous
dressassions un procès-verbal conforme à sa réclamation ; nous
fîmes semblant d'acquiescer à sa demande ; mais nous nous
gardâmes de lui obéir, car nous savions comment la scène
s'était passée : nous savions aussi qu'alors Collot d'Herbois
ne voulait ni ne pouvait avoir tort. Il fallut donc le tromper :
nous cachâmes ce citoyen dans la maison d'arrêt du Comité,

(*) Tels furent, dans toutes les circonstances de la Révolution, mon respect
et mon dévouement pour la Représentation Nationale, que jamais je ne
me suis permis nul propos injurieux envers aucun de ses Membres, telle
qu'ait été la liberté des opinions et la haine que ceux que je fréquentais
portaient à tel ou tel parti. N'artachant aux hommes par rapport à leurs
principes ; ne leur demandant jamais ni places ni faveurs, je ne puis donc
épouser leurs passions destructives du bonheur public...... Que l'intérêt
personnel ne paraisse plus sur la terre, tous les crimes en disparaîtront. J'ai
vécu près de deux années parmi les Sauvages de l'Amérique Septentrionale,
et pendant ce temps je n'ai pas vu même une simple querelle entre
eux.

ce qui nous laissa la faculté de l'arracher ensuite au danger qu'il courait. Il n'y avait que huit jours qu'il était établi sur notre Section. Enfin, si le Représentant Fréron veut savoir à quel point j'étais lié avec Collot d'Herbois, qu'il le demande à son collègue Neveu, qui un jour, étant avec moi dans la rue Helvétius, l'apperçut passant à mes côtés me lancer des regards terribles : il m'en demanda la raison ; je ne crus point devoir répondre à cette question...... Collot d'Herbois *était Membre du Comité de Salut public* (*).

(o) *Lorsqu'il les a commis, il était avec vous*]. Comme les passions sont aveugles, Vadier ! comme elles sont cependant dangereuses, lorsqu'elles agissent sous une réputation de probité, quoique indignement acquise ! C'est Robespierre qui me met auprès de vous en qualité d'émissaire, pour que je lui rapporte votre conduite ; mais vous saviez positivement que je ne voyais presque plus ce Tyran ; que pendant le temps de sa toute-puissance je n'ai eu aucune mission qui en émanât ; vous saviez sur-tout que vers la fin de Germinal, vous fûtes chez lui pour l'engager à faire cesser la persécution qu'on me faisait éprouver depuis cinq mois ; qu'il vous répondit : *Il ne faut point se compromettre :* c'est-à-dire, qu'il m'aurait laissé sacrifier plutôt que de prononcer une parole en ma faveur ; et vous prétendez aujourd'hui que je suis son espion auprès du Président du Comité de Sûreté Générale ?..... quel contraste bisarre ! mais pourquoi ce rôle ? pour savoir ce qu'il faisait........! Eh ! qui l'ignorait, bon Dieu ! *Vadier faisait arrêter tout le monde.* Depuis quatre années que vous me connaissiez particulièrement, avez-vous remarqué dans ma conduite rien qui fût analogue à ce caractère avilissant ?

Cependant je suis peut-être de tous les hommes celui qui prend le moins de précaution dans ce qu'il dit, dans ce qu'il fait : je laisse toujours agir mon cœur. N'aviez-vous pas d'autres moyens pour me perdre que celui-là, sans flétrir ma réputation, sans vous compromettre vous-même ? car on savait que naguères vous ne vous taisiez pas sur la bonté de mon ame. Voyez le Tyran, comme il s'en tira bien mieux

____

(*) Il arrivait de Lyon, d'où il avait écrit journellement à sa femme pour m'engager à correspondre avec lui ; ce que je n'ai pas fait, ne voulant point être en contradiction avec mes sentimens. Les satellites du Tyran venaient de me frapper aux Jacobins ; et comme il était encore un astre pour lui.... il fallait bien qu'il sacrifiât à l'idole. Pendant tout le temps de cette proscription il m'a honoré de cet accueil, qui se renouvelait bien souvent par rapport à la proximité du local.

que vous en me dénonçant aux Jacobins! Du moins, tout en m'envoyant à la mort, il s'exprimait grandement; mais vous!.... ô Vadier! comme vous m'avez bassement sacrifié!...... vous n'avez reçu que des bienfaits de moi : quelle est la nature de votre reconnaissance ? La mort, à laquelle vous attachiez l'ignominie. Quelle ingratitude!..... que vous avais-je fait, ou plutôt qu'avais-je fait à la Patrie que je servais, que j'idolatrais ? qu'avais-je de commun avec votre mère de Dieu, qui vous brouille avec le Tyran, qui alors mille fois moins cruel que vous, fut, ce Robespierre qui, dans l'Assemblée Constituante, demandait l'abolition de la peine de mort ?..... C'est toujours un jour heureux pour l'humanité, que celui où l'on voit un tigre assouvi de sang contenir un génie malfaisant qui voulait rivaliser des crimes avec lui!..... Votre amour propre en a souffert : quel combat de vertu! et c'est moi qui en suis la victime! Quel temps vous aviez choisi, Vadier, pour me perdre! comment ai-je pu échapper,.... je le demande encore à la Providence ? Que de larmes d'indignation ne m'avez-vous point fait verser depuis, en pensant que c'est dans le sein de la Convention Nationale, à l'instant même qu'elle allait lancer la foudre sur le Tyran, que vous me dénoncez comme son espion auprès de vous! Pouviez-vous ignorer que Lebas, sa créature, qu'il voyait jour et nuit, était membre de votre Comité, qu'il pouvait par conséquent lui rapporter ce qui s'y passait, sans que Taschereau, *contre lequel un instinct de défiance l'avait sans cesse mis en garde*, fût chargé de cette mission que la confiance seule donne ; pour laquelle, au reste, il faut toujours des oreilles plus fines que les miennes, à moins que je n'eusse pu faire comme ceux dont parle Fox, qui rapportent toujours au Ministère Anglais ce qu'ils n'entendent pas ?

Et ces repas ? ce que vous en dites est-il conforme à la vérité ? oui : mais alors, pour que le fait soit exacte, il faut tout simplement vous mettre à ma place ; car ce n'est qu'une seule fois que le hasard m'a conduit où vous étiez, *mangeant une soupe au lait*, tandis qu'à commencer dans ma maison, Place des Victoires, où je logeais en 1790, je vous ai reçu.......... Mais pourquoi vous rappeler ce que vous savez, à moins que ma *vaste mémoire* n'ait encore accaparé la vôtre, ce que je suis tenté de croire quand vous dites que je vous récitais sans cesse *tous les discours de Robespierre ?* En supposant que cela fût vrai, qu'en pourrait-on conclure, sinon que vous deviez aimer à l'excès le Tyran, puisque vous souffriez cette éternelle déclamation ? Quelle patience! mais comment se fait-il que vous soyez le seul homme dans toute la République auprès de qui je jouais ce rôle, que la folie en délire pourrait tout au plus remplir ?

comment le concilier, avec celui d'espion, qui demande une conduite tout-à-fait différente, et qui d'ailleurs n'agit que lorsque la puissance qu'il observe est en guerre avec celle qu'il *sert pour de l'argent ?* Or, à l'époque que je me suis éloigné de Robespierre et de Vadier, ces deux *puissances* venaient de se brouiller, et les hostilités n'ont commencé que long-temps après.

Que de contradiction absurdes ! que de mensonges dégoûtans, qui, proférés par une bouche qui a respiré *soixante années de vertu*, ont produit des résultats que la scélératesse la plus profonde n'aurait pu se promettre !

Le neuf Thermidor, vers les trois heures de l'après-midi, je fus arrêté chez moi en vertu d'un ordre du Comité de Sûreté Générale, qui portait de me conduire à la Force. Arrivé dans cette prison, on ne peut m'y recevoir faute de place, et l'on me ramena dans celle de Talaru, sur ma Section, où je fus mis au secret. Le lendemain, la première personne que j'apperçois dans la cour, c'est ma femme. Aussi surprise que désolée de mon arrestation, elle avait été chez Vadier pour en savoir la cause. Elle n'y trouva que son hideuse gouvernante, qui, pour toute consolation, la menaça, en présence du Représentant Clauzel, de la faire arrêter. En effet, son maître ne voulut point lui en donner le démenti, mais, pour couvrir cette atrocité, il mit dans cette démarche un appareil vraiment militaire. Deux Agents du Comité, accompagnés de cinq Gendarmes (qu'on aurait dû plutôt laisser auprès de Henriot), se transportent chez moi avec un Commissaire du quartier ; et ce cortége imposant s'empare d'une femme faible, malade, atteinte d'un cancer au sein, et la traîne dans cette même prison, où une scène plus terrible l'attendait encore, car, sur les six heures du soir, deux Gendarmes, qui depuis midi me cherchaient, me font descendre; je passe devant ma femme sans pouvoir lui dire adieu ; ils me lient les mains, et me conduisent à la Conciergerie, où j'arrive au moment que le Tyran en sortait, et par conséquent trop tard d'après les combinaisons de ceux qui voulaient me faire périr, n'importe de quelle manière. On me jette dans un affreux cachot, où soixante-dix Membres de la Commune conspiratrice, mis hors de la Loi, étaient entassés les uns sur les autres. Là seulement j'appris ce qui s'était passé la veille ; mais je ne pouvais concevoir qu'étant sous la sauvegarde de la Loi, je fusse confondu parmi des conspirateurs avec lesquels je n'avais rien de commun. Quelle nuit pour un homme sensible, qui, s'oubliant lui-même, promenait ses regards sur les objets qui l'environnaient !...... Le jour paraît ; l'heure fatale approche ; nous traversons la Cour ; on monte au Tribunal ; je montais aussi ; mais un sentiment irrésistible me fait revenir sur mes pas , et je voulus m'assurer par moi-même si mon nom était en effet sur la liste : c'était ce-lui d'un Officier Municipal, mal écrit, et qui par-là ressem-blait d'autant plus au mien, que ma femme, livrée à toutes les horreurs de son sort, a cru pendant cinq jours que j'avais subi la mort qui n'était due qu'aux conspirateurs, dont le sang fut recueilli par l'amitié, qui croyait que le mien avait coulé avec le leur sur l'échafaud. Vous l'avez cru sans doute aussi, vous Vadier, puisque je vis encore : la lettre que je vous avais écrite cette nuit même dut vous laisser dans cette erreur...... Depuis six mois que je languis dans les fers, avez-vous pu produire une seule preuve qui puisse légitimer la moindre de vos atrocités envers moi ? La calomnie même a respecté mon innocence, ou si elle me frappe ce n'est que dans l'ombre...... Peut-être présumez-vous que ma longue détention couvre votre injustice ? elle ajoute seulement à vos crimes.

Et vous, Représentans du Peuple, qui bientôt comman-derez à l'Univers de ne s'occuper que de son bonheur, veuillez enfin prononcer sur mon sort. J'ai servi la Liberté, l'Humanité, la Patrie : j'ai donc des droits à votre sollicitude. Si, dans la République, il y a un Français que j'aie opprimé, qu'il se lève et m'accuse : je consens de souffrir encore. Mais si tous les instants de ma carrière révolutionnaire n'ont eu pour but que la félicité publique , que mes chaînes tom-bent.

F I N.

Se trouve à Paris, chez tous les Marchands de Nouveautés.

104

www.ingramcontent.com/pod-product-compliance
Lightning Source LLC
Chambersburg PA
CBHW060847180626
46818CB00004B/1622